黑丫：

中国作家协会会员

中国收藏家协会会员

曾经带着诗歌上路，独身行囊走遍祖国
的千山万水，被誉为：中国大陆三毛。

曾经出版代表作《黑发飘瓶》填补了
青岛市西海岸文化史上的一项空白。

诗歌作品：《人间艳唱》

《爱情神话》《黑丫诗歌选集》

文学剧本：《女人不是泥塘》

随笔文集：《为谁沦陷》

小说合集：《走过纯情的沼泽》

等多部文学作品。

黑丫诗歌

目录

第一季:向幸福出发

第二季：品味一盏茶的清香

第三季:幸福树

第四季：我就是那位梳着长长发辫的女子

第一季

向幸福出发

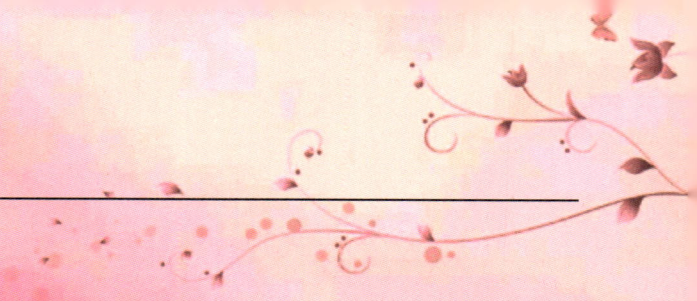

向幸福出发

我很小的时候

居住在东北深山的江崖

望着逐渐远去的羊肠小道

心里想着沿着这条路能到哪？

我刚懂事的时候

回到了关里的老家

挑着沉甸甸的柴草遥望

海天相连的地方有这么累吗?

终于等到了我上学的那年

开始了漫无目的地迷恋连环画

一条田间的小路连着我的梦想

萌发了要把名字印成铅字的计划

春来冬去草木枯萎又茁壮发芽

夏去秋来花开花落又芬芳播撒

我背着的行囊踏上一列列火车

随便带我没有目标的浪迹年华

开始流浪的时候

我不知道我究竟要去哪

因为无论我走出了多远

最终都要回到村庄里的家

就是在这些漂泊的路途上

开始丰满硬朗了我诗歌的翅膀

终于有一天我下定决心

为了这份幸福的理想出发

从此从此，从此啊

我的行囊里装满友爱亲情的牵挂

我飞扬长发梳理着拴系缆绳的飘洒

我风雨的苦难里埋葬着枯萎的挺拔

现在我懂得了幸福的代价

如今的我谈着理想的时候

眼睛里还是闪烁着激动的泪花

那是我最幸福时刻的表达

我的理想在哪？

我的幸福就在哪！

为了这份幸福的理想出发

我在旅途中寻找更新智慧的解答

向幸福出发

它是一朵在我心中永远开放的花

它是一座在远方永远期望我的家

它是一份在永远等待爱我的天涯

我是绽放在你身边的一枝花

一次不经意的邂逅相逢

你转动了我无明的经轮

于是我在旋转中逐渐苏醒

被你携手独居在院落露营

你看着我在春夏发芽开花

你看着我在秋冬凋谢飘零

你对我在关注中默守规定

你让我在自然环境里反省

我的心在季节的转换中性空

一会酷热烦恼一会寒冷阵痛

我是绽放在你身边的一枝花

你给我空间让我锻炼生存本能

我的花姿为你绽放一季的美景

我的花香却为你缭绕一生的深情

因为只有你刹那间放手的宽容

才有了我浴火重生的诗歌流行

青衣粉面玉兰指

一袭青衣飘逸着情有可原

一幅粉面荡漾着喜结良缘

一指玉兰缠绵着风光无限

这就是你款款青衣女子的典范

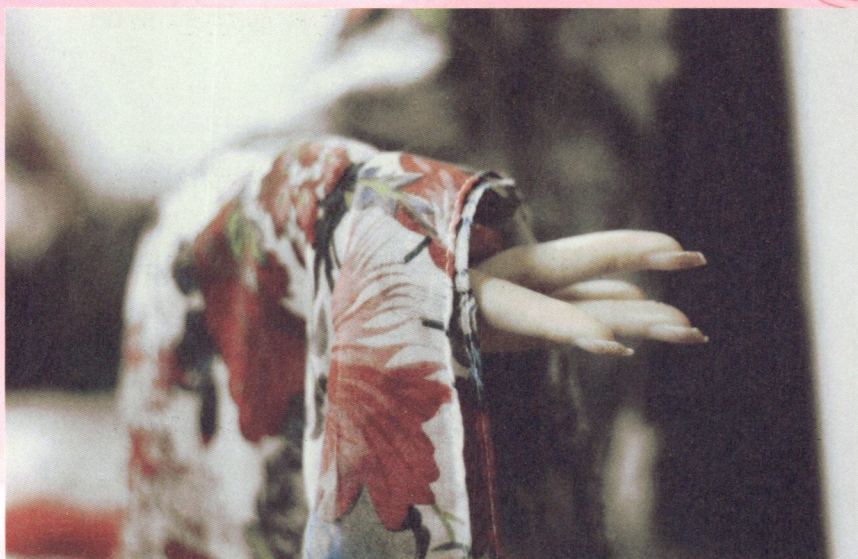

你一笑一怒使人爱怜

你一娇一羞略显丰满

你一伤一感让他心疼

你一幽一怨让我感叹

一腔咿咿呀呀的心声

唱出了你红尘滚滚的凛然

一串颤颤巍巍的碎步

走出了你沧海桑田的平淡

你挥舞行云流水的衣袖

浓妆淡抹总相宜地寄情冷暖

你掀开半遮半露的粉面

青春岁月于弹指间在梦幻流传

当你途径我绽放的花季

你曾经在前世苦苦哀求

必须途径我今生驻足的路口

能够让你再一次遇见我

哪怕是绽放花季的笑容

你曾经是我前世的花农

迄今手里还留有赠人玫瑰的香茗

仅仅为了等待你的出现

我在今生为轮回修行永恒

你曾经在前世里弄伤了我的痛

花谢花开都不能代表你的爱情

我的泪水将我淹没在悲喜的凡间

你却独来独往挥洒着九天繁星

当你途径我绽放的花季

可否听见我怒放花朵的撕裂声

长空中随风飘洒的甘露

转瞬即逝在寂静的花丛

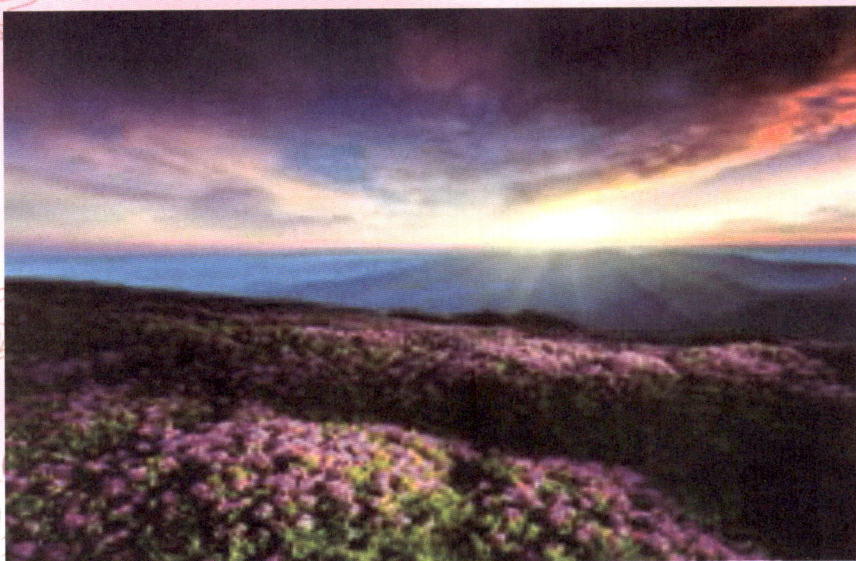

清凉的睡莲

一面镜子

映照出你的面容

和那朵陪伴你的叶片

情景交融地相依相伴

面对风头浪尖

面对烈日炎炎

你全心舒展着宝华奉献

深深隐藏着漂浮的苦难

每当夜晚来临的时候

你卸妆掩面曲卷

枕着温润的彼岸

盖着漫天星斗的被子入眠

旅程浓缩着你的苦辣

岁月历练着你的酸甜

你仍然起伏在一池碧波的水面

以脱俗的心态寄托纯真的思念

满怀的清香四溢

你笑着绽放慈悲的委婉

没有人知道你生存的水里

爱恨交织着伤痕累累的心田

满目的世态炎凉

你流着心泪静观守望

至高无上的天空上面

有你的发簪将无量恒河梳挽

静静的盛开

却有漫天生香的情怀

悠悠荡荡的缠绵

仿佛九天深处的经幡在摇撼

踏着你的清涟

拈着你的花瓣

九霄云外的佛陀

才会有意味深长的天目俯瞰

飘拂的袈裟

你是黑暗中闪光的灯盏

又仿佛是我车窗外晃动的笑脸

清风阵阵拂面而来

送来片片镇定心灵的花瓣

你在远方永恒地眨着眼睛

我在老地方不停地遥望

飘拂的袈裟在我心上招展

牵动着我曾经固执的意念

无论是漂泊而去离开港湾

无论是失意而归放下欲念

那些飘拂的袈裟总在眼前忽闪

与我有着一份难于割舍的幽怨

山水之中的那些流香的经卷

旅途之上的那些清凉的慈善

还有那些飘拂着袈裟的禅院啊

依然是世俗里最闪光的亮点

回归自然

仅仅是时髦人的口头禅

回归生命的本真

才是你袈裟飘拂的意愿

我虽然是俗家弟子

不能圆满诠释袈裟的寓意深涵

但我依然不会改变对你崇敬的信念

那是因为我与你曾有着一段超越时空的情缘

你是我可望不可即的从前

你去哪了呢？

从前世到今生

我守在原来的地方

在水一方遥望着彼岸

你累了吗？

为何还不峰回路转

难道你没有感觉我心

还有灵魂深处的真情呼唤

你曲高和寡

我绝世圆满

究竟还要历尽多少劫难

你与我才能靠近咫尺的遥远

恍惚一念过

弹落花瓣间

你是我可望不可即的从前

从来就没有离开过我的身边

我是你水中的那朵莲

我是你水中的那朵莲

脱颖而出时禅意圆满

伤口留在深处的泥潭

美丽展现清纯的水面

我是你水中的那朵莲

相忘江湖时回来还愿

在你的怀抱点燃灯盏

照亮着祥和昼夜无眠

我是你水中的那朵莲

守候着一池碧波蓝天

每当有白云飘逸映现

暗自观想是菩萨下凡

我是你水中的那朵莲

最终停靠在你的港湾

情深之处是缠绵温暖

爱恨之际是别离洞穿

我是你水中的那朵莲

生死轮回着段段姻缘

前世与你相撞着擦伤

今生还你承诺的牵绊

我是你水中的那朵莲

生生世世消耗着恩怨

只要有你的一滴清泪

我就血流成河地浸染

我是你水中的那朵莲

无声无息地绽放华年

只要追随你生命脚步

生死不悔地剖开心田

我是你水中的那朵莲

义无返顾地爱你永远

哪怕你将我遗弃摧残

我的魂早已皈依相伴

天山雪莲

你是一朵清凉的火焰

飞雪生香的娇艳

饱尝了九天的能量

在天山上放射光芒的斑斓

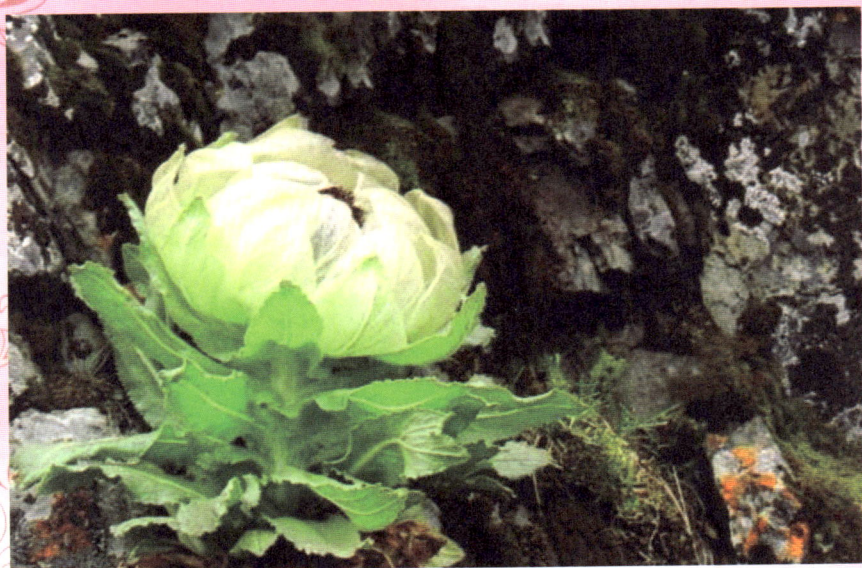

掀起你的盖头

我看见你流泪的脸

现实与梦境在这里激情凝望

佛般的禅笑点亮苦难的人间

在夏季的雪山与你相逢

你羞涩地伸展着臂弯

仿佛我漂泊岁月的邂逅

碰撞出一团温暖的期盼

我焦灼的目光终于找到

你异域风情的傲然

幸福吉祥的浪漫爱情

在这里得到诠释和怀念

故事流传千古

后人浮想联翩

不远万里来访的我啊

千百次的寻觅你在星火阑珊

那一张张白玉般的透明笑脸

是我在迫不急待地采撷中遗失的护腕

醉人的芳容脉脉地对你深情顾盼

悠然地看着如同万里碧空的云舒云卷

多灾多难的天山雪莲呵

目睹了多少文化冲击宗教的大战

那些疼痛一生的金戈铁马岁月里

慷慨悲壮地蕴藏着你怎样的和平心愿

浸透着你安居乐业的神圣尊严

怀揣着你惊天地泣鬼神的热恋

那些在你身边守卫家园的游牧子民

把旋律和节奏挥洒弹唱四方的请柬

你不畏严寒的芬芳抵达

我蒙垢心灵深处的地方

你涤荡尘世的深情忧伤

默默的久久的在我心头守望着彼岸

香消玉殒的雪莲

是我在世俗犯下不可原谅的错误

扼杀在天地间的一朵朵缕缕心瓣

阳光下的罪恶在瞬间惨遭红尘哀怨

悄悄的我走了

正如你静静的来

天山挥一挥衣袖撒下洁白的雪花吊唁

大自然消逝了你离人类毁灭没有多远

原始地貌的雪峰冰川

残留在你花蕊的心间

比比皆是的奇异风光

仿佛你在游走天地的边缘

那些与你相伴的山峦

消融的脚步已经不在迟缓

咆哮撕裂的雪峰冰面

震撼了雪莲的心灵和双眼

请不要再来采撷天山雪莲

这是天山深处用雪崩的代价

向复制的人类发出最后的呐喊

沉沦的灵魂不能没有拯救的经典

清澈幽深的天池水

源源不断的冰封着水源

天山雪莲开放在雪山之巅

在皑皑白雪中绽放人间最后的奇观

有一朵花在心中永远开放

心中的花朵

不需要季节的等待

只要你精心的呵护

就会为你绽放纯洁的情怀

心中的花朵

无需春天来不来

只要你回眸一笑

就会为你笑逐颜开

心中的花朵

不要日月的照耀

只要心血的灌溉

就会为你永远盛开

你独居在我心灵深处

只要被我守候关爱

你积蓄所有的能量

全部向我倾注滔天的花海

第二季　品味一盏茶的清香

品味一盏茶的清香

一页窗为梦想而打开

一扇门为机遇而留守

一条路为行者而延伸

一盏茶为缘起而清香

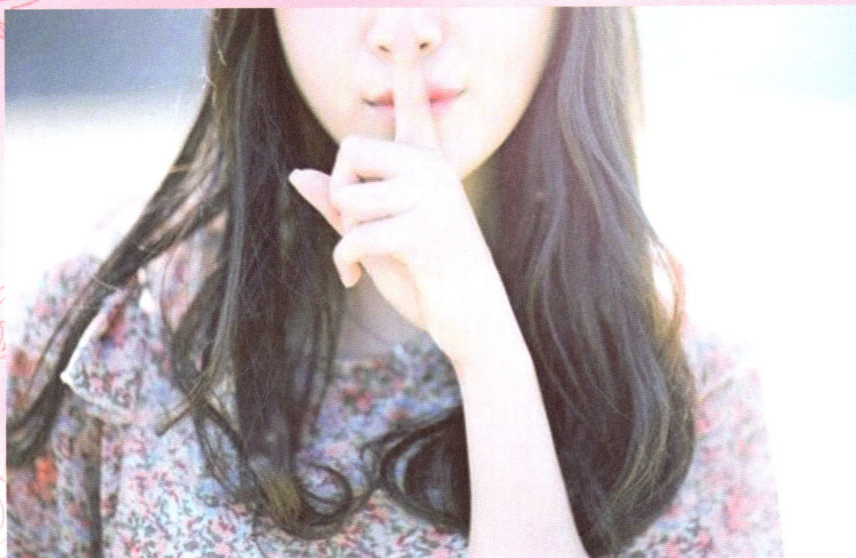

采撷这份安静的暖春

在一个简洁如初的傍晚茶坊

配上唐诗宋词的韵律典雅欣赏

将感知的心冲上渡口的河床

那份温暖冉冉升腾着向往

那份激情噜噜盛开着吉祥

生活在边冲边泡中感受阳光

生命在边品边咽中感悟能量

品味一盏茶的清香

与你饮着一段相见恨晚的碰撞

杯杯饮着你我心灵深处的灵光

弹指间挥去万般纠结中的凄凉

品味一盏茶的清香

与你进入一种万物行走的空旷

就在这个悄然流逝的瞬间迷惘

你我恍惚想起一个似曾相识的现场

品味一盏茶的清香

端举之间沉淀了青涩岁月里的轻狂

品尝之余哽咽了尘世烟波里的迷茫

谈笑之中默契了海角天涯里的沧桑

品着茶读着诗想着你

在这个午后的暖冬书房

泡上一杯茶悠闲地品尝

打开一首我曾经写下的诗歌

轻轻的读着那些过去了的忧伤

品茶的时候看着牵肠挂肚的你

看着你进进出出的匆忙身影

听着你缠缠绵绵飘来的歌声

将思念的情节写进出版的书里

品茶的时候也品着你的无语

只是我浅浅的笑着与你心有灵犀

如果我面前的茶香能漂洋过海

让你也闻到这满怀缭绕着的迷茫

品着茶读着诗想着你

品尝生活的青睐里有甜蜜有苦涩

读取精华的甘霖里有阳光有雨露

想念你的时候有惊喜有泪水洒落的衣裳

品着茶读着诗想着你

想着与你相遇的瞬间影像珍藏

你和我都不敢将目光对视碰撞

生怕碰落了云层里包裹的水塘

品着茶读着诗想着你

想起你临别时惊诧的那几束目光

我的心就在这份忐忑不安里一直惆怅

直到把你融化进入这禅茶一味的冥想

茶友

一壶茶

泡出满屋的情意

二三友

品着肺腑的言语

缠绵悱恻的故事

流传着茶地生养藩息的传奇

流散在茶马古道上的历史

在这里得到拼凑式的搜集

茶是八面埋伏

因友人品尝而清香四起

茶是表里不一

友人因品茶而容纳一起

茶如同舞台

友人因茶而完美演出

茶犹如纽带

友人因茶而凝聚和睦

功夫茶

忙里偷闲

有空没空

都要上瘾似的

泡上一壶功夫茶

倒上一杯

山清水秀

喝进一口

海纳百川

炎热的夏日

功夫茶桌上

一个不用撑伞的雨季

飘洒着段段清凉的故事

寒冷的冬季

功夫茶桌旁

一架不用添柴的火炉

燃烧着团团温暖的往事

有意无意之间

相聚推杯问盏

有情无请的闲暇里

你和我面对着话语连绵

女人茶

——饮茶时感想：女人就是这一壶壶泡上、喝着又被倒掉的茶，茶叶已去，茶香犹在；茶叶为身，茶香是魂……

你是那株盛开的茉莉？

花朵插在你长瓣的鬓角里

你是田野里芬芳的农家女子

穷也饮你　富也饮你

你是那枚醇香凝重的普尔？

潇洒地舞动温暖的袖衣

你是马背上飘逸的铃声响起

只有知音才能听懂你的韵律

你是一杯温润的碧螺春？

西湖如镜映出柔弱的美丽

你爱有所属　情有所依

今生降临只为来世巩固根基

你是那道亮丽的风景女子？

描着弯弯的金银眉展示富裕的身世

你是腰缠万贯们嗅觉的专利

拥有你的同时有爱也有面子的争议

你是色香味具足的大红袍？

爱你的人生生世世珍惜

动静之中的你激情洋溢

品你入怀身心格外塌实

你是那壶肥沃的铁观音？

云雾缭绕着香飘万里

品尝中斟酌酸甜命运的奇迹

感悟中回味苦辣人生的神秘

你是传说中的猴爵？

高不可攀地独居悬崖深处

你仿佛九天之外的宝华

向所谓文明的人类昭示永恒的魅力

女人是一株茶树

不同的女人是各异的茶树

不同的品质美丽无比

女人的善感是四季的交织

年年如此品评着温馨的话题

春天来临的时候

你绽露出珍贵的纯洁

为知音典藏天生的丽质

期盼被有缘人捧在手心里

炎热的夏季里

你绽放着洁白的花朵

为尘封的茶马古道的历史

盛开着陈年往事的秘密

当漫山遍野的红叶染指

燃烧你深秋的诗情画意

你披上大红袍的嫁衣

在沸腾的欢笑中羞涩着甜蜜

当漫天雪花为你真情迷离

奉献着一场场浪漫史诗的舞蹈剧

你感动的泪，晶莹剔透着凝结枝头

你复杂的情，纵横交错地温暖进土壤里

女人的你就是一株茶树

纵然有天大的冤屈也要藏在心里

泪水在沸腾中煎熬着你的心气

笑面的轻谈中掩饰着你的善意

女人的一生仿佛一株茶树

无论相逢还是分离

满怀的真情随缘而去

缄默静观梦幻的人生和变化的端倪

女人的一生就是一株茶树

年复一年被情感迷失了自己

日复一日被激情冲泡出生机

一生一世在轮回中固执到底

我就是一株生长在心地之上的茶树

前世的因缘在今生显现生命的寓意

我的身在天涯海角中随风飘逸

我的心却牢牢扎根在起伏的茶地

与茶有缘

你从春天里飘来

带着深冬的溺爱

在水中盛开

天山上的雪莲

于是

一缕芬芳

自天地之间

清香四溢

你仿佛天国里的种子

吉祥鸟衔植人间

祖祖辈辈的采茶人用传世的网

反反复复筛选你世俗里的尘烟

苦难中，你笑成一团

烛光里，你泪流满面

仪态万方的姿态

虔诚的调试众人不同的口感

我面对你的时候

就像拜倒在菩提树下

那随风飘逸的枝叶仿佛佛陀的手

伸缩自如地抚慰着尘世间的苦难

固执的我啊

顿时领悟

你生生不息的繁荣

和代代相传的箴言

与茶有缘

人生旅途

笑也饮你

哭也饮你

与茶有缘

生命之中

情也有你

义也有你

与茶有缘

前世今生寂静喜欢

原来是心中的佛陀

在坐化中无语讲禅

茶道深处

行走在茶道深处

远去的时光蜿蜒起伏

朝起朝落的缭绕里

千里万里散发茶香的雾气

追溯千年的畅想

茶树摇曳着满目的清凉

大汉曾经在这里驻足中赏茗着别离

大唐曾经在这里品尝着繁华的茂密

徜徉千年后沉淀的思想

茶坊飘逸着满怀的向往

星宿曾经在这里俯瞰着尘世的飘移

诸葛曾经在这里挥舞着团扇的传奇

因何因缘，茶花如此情深义重

因何果报，茶叶如此牵动神圣

只因如禅，茶客因此不可思议

只因如意，茶道因此生生不息

在那些以茶会友的地方

你总是在踮脚遥望归期

那条拴系驼铃的江边小路

可曾还有你相思的箫声在阵阵传递

前世之后，我的爱留下轨迹

早已连接成茶海层叠的讯息

今生来寻，我的情还在这里

早已伫立起连绵茶道的幽静菩提

你是一块传奇的美玉

你来自何处

你要去哪里

开天辟地生成

火山爆发传奇

一种物质的折射

使你凝固成润泽的模样

一场霹雳的震撼

使你在开凿中横空出世

不雕琢你的时候

你就是一块斑驳的石头

被牧羊人捡起来

拴系着一串串迎风的藏密

雕琢你的时候

你就是一件奇葩的创意

沉默亿万年的语言

静静诉说有缘人的患得患失

诗歌我心中的灵璧

你排山倒海入地的一瞬间

苍天在惊叹中隆然地穹起

顿时　混沌的宇宙豁然开朗

从此　你安然入睡在大地的怀里

一块石头经过亿万年的碾压

劈裂着在痛苦中扭曲的身躯

缠结着在渴望中纷乱的情绪

竟然孕育出天地造化的传奇

一团注入生命的灵气

就在这开天辟地的瞬间里

千姿百态的身影在顷刻间凝滞

诗词歌赋都表达不尽你蕴涵的寓意

一件吸纳灵魂的壁石

在纠结交错的缠绵中空洞委婉

在沧海桑田的变迁里淳朴自然

在时空如光的隧道里穿越灵犀

相遇中相知灵璧

不是罕见难求的珍稀

不是深具价值的潜力

而是不雕不琢自然天成的坚韧节气

你啊你啊——我心中的灵璧

仅凭素雅的秀丽就摄入我的眼帘

仅凭青铜的骨气就置入我的心底

仅凭温润的情怀就是我爱惜的秘密

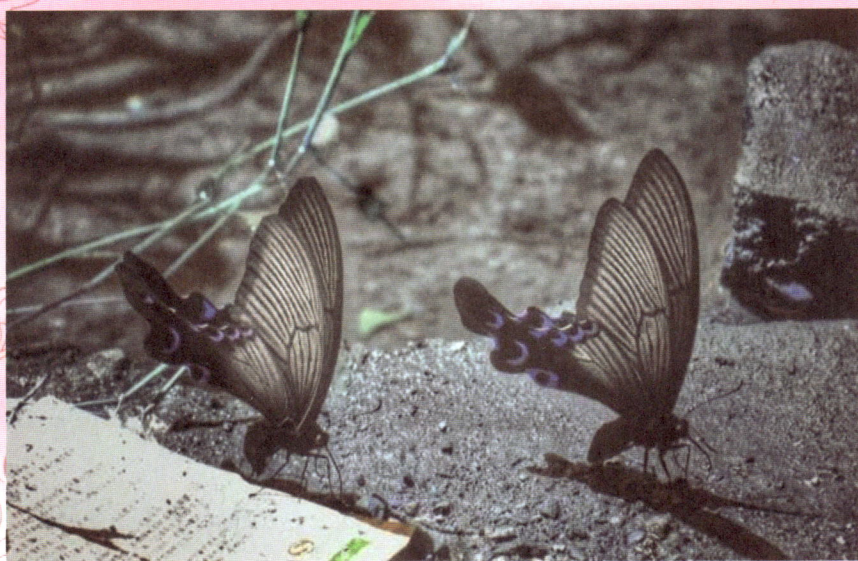

千言万语说不清你鬼斧神工的来历

柔情似水爱不够你返璞归真的神奇

你大鹏鸟般灵动的翅膀翩翩起舞

早已经飞出了我迷茫时期的虚实

如果说你真的是天下第一

那么你为何又在世界各地到处伫立？

你是在倾诉千疮百孔的伤痕往事？！

还是在展示生生不息的生命魅力？！

如果说你真的是磬声八音的乐器

那么你为何听不懂我心中的忧悒？

你是在宣泄知音难觅的孤傲品质？！

还是在传递万窍灵通的自然规律？！

你啊你啊——我心中的灵璧

你虽然蕴涵着天地精华的神气

你虽然包容着外柔内刚的细腻

真爱你的人却是对你可望而不可及

你啊你啊——我心中的灵璧

无论你身在何处倍受青睐

无论你价高几何使人叹息

我只是希望你能够回归自然的销声匿迹

我不知道你们是否会理解我复杂的情意

总之我的诗歌只是在赞美的同时略加惋惜

过度的开采和挖掘已经伤透了大地之气

我们生存的空间怎能让自然不受揉虐的侵袭？！

第三季
幸福树

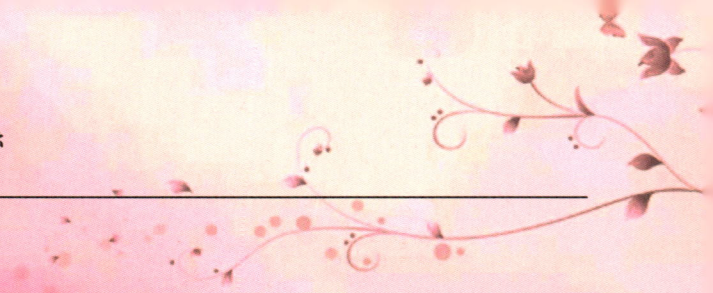

幸福树

在花鸟市场的街头与你相遇

你默然地伫立在墙角之下

风飘拂起你枝叶的茂密

幽绿成一树幽深的笑意

望着你散发的清丽

我找到了心仪的交替

为你的落寞垂下一袭青帘

我仿佛看见了你心灵的颤栗

悲伤的往事在你面前无语

不再迷恋岁月里彷徨的心悸

无情的目光在你身边陨落

再也不能将碰撞的凝视置之不理

悲喜相依着枝枝杈杈

苦乐同守着叶脉无忌

长成一世弹指的沧桑

绿成一抹心底的深情厚意

午夜时分梦醒刹那的惊奇

那只蝙蝠就是为你飞来寻觅

从黑暗深处幽灵般地潜入你的晚自习

自杀在那盆清凉的水池

仅仅为了那朵绽放千年的花么

你就用全部生命的热情投入其中

还原我落魄之魂的用武之地

那支自命不凡的神来之笔！

你把苦衷的劫难蕴藏心里

再把感恩心意回报给尘世

忧伤而伸展不开的根基啊

就在一抛花泥的盆里委屈地哭泣

一份初心坦然的驻世

呈现出一片繁荣的生机

大悲与大喜同在福报之间徘徊

幸福与苦难同在福祸之间喘息

宛若玉树临风地伫立

近成一幅画框的色底

天涯的彼岸绿成思念的倩依

海角的云端随缘思念着飘逸

你就这样在我目光里安家

曾经的大愿落在你的守望里

拴住了我的目光就拴住了你的命题

我漂泊你的身旁只为找到一份安详的静谧

金莲花

——五台山之上生长的一种金黄的小花，被采摘晾晒，泡水沏茶；有消炎泻火，排忧解难，疏通运脉之功能；五台山又与印度四大佛缘圣地被誉为天下五大佛教之最——黄金世界清凉宝地！此花因独特生长在五台山之上而得名；故称金莲花。

高高在平台之上出生

幽幽在山坡之上生长

你沐浴阳光雨露滋养清雅

你纯净地盛开着无挂无碍的吉祥哈达

几粒因缘的种子

繁衍出漫山遍野的善良人家

浩然绽放诸佛菩萨的甘露泪花

一朵一颗慈悲的大愿开放如意的宝华

驻世间之土壤生存

纳九天之星河润发

接日月之同辉播撒

携行云流水之云卷云舒通达

即便是娇小的一朵

也绽放辉煌的脸颊

任南来北往的香客随手摘下

再由四面八方的来风抚慰疗养的伤疤

我第一次遇见你——金莲花

是法戒师父把你泡成水中的清夏

一杯迎我朝山拜佛的禅茶

一朵一朵洗涤我旅途劳顿的困乏

一朵一朵的金莲花

仿佛一片一片驻世的繁华

迎风而立在你目光的闲暇

向我微笑苦难深重的蒙娜丽莎

一片一片的金莲花

将漫长的岁月等待成一生的牵挂

将我前世今生的夙愿

全部融化成温暖我肺腑的海角天涯

能量的颜色

甘草的味道

消融成你世态炎凉的接纳

千载难逢的执子之手牵我相遇的奇葩！

天地之间，为你伫立起慈善的彼岸

——写给大慈善家：李春平先生

在春天来临前的那个冬天

你平静独守着冷漠的从前

一双堆雪成冰的眼睛

融化了纯净亮丽的孤单

在长安街的时光隧道里面

你的身影依然徘徊着伤感

往事如烟飘散却已动地感天

你的传奇故事流行着旷世情缘

在那些得与失的岁月面前

季节擦拭着你惆怅的笑脸

在那些不堪回首的年华时段

遗失了你多少青春梦想的诗篇

离开时，你曾经踌躇满怀的大志无边

归来后，你又默守着曾经承诺的誓言

世态的冷暖没有改变你善良的心愿

你的世界里漫山遍野生长着感恩的良田

面对众人好事好奇的猜疑和指点

你沉默寡言将博爱的心意默默施展

面对弱势群体里迷失的种种夙愿

你总是有求必应的给予仁慈的怜悯

有人给你下跪磕头泪流满面

有人给你造谣生事唯恐不乱

你依然心态平静如水中的青莲

深深地埋藏着花朵下面的苦难

究竟是什么意志伫立了你山的峰峦

究竟是什么能量汇集给你海的湛蓝

忧伤的春平纯净的春平从容的春平啊

你默默无言地在水一方摆渡着众生的客船

无论是小家小灾的求助期盼

无论是祖国大难的危机救援

你始终继承父母离去时叮嘱的遗愿

大爱无疆就是无私而纯粹的奉献

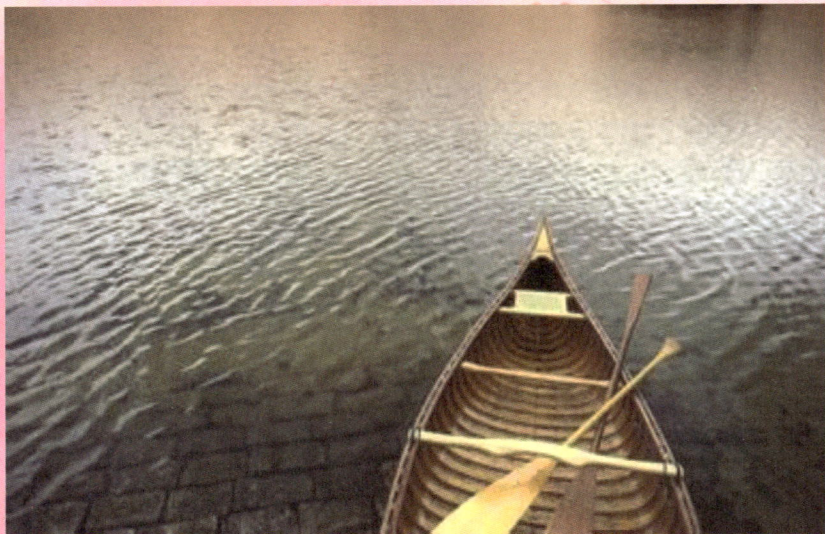

春天来了，你鲜花开在病人无助的床前

夏季到了，你清凉的问候驱走炎热酷汗

秋天近了，你把丰硕的果实分享给饥寒

冬天冷了，你温暖的心灵溶解冰封的港湾

你的离开，曾经填补了一段爱情神话的续篇

你的归来，仿佛早已注定要拯救八方的苦难

昂首问苍穹：何处是你向往的家园？

天地之间为你伫立起——慈善的彼岸！

孔子还在

伴着钟声轮回的摇摆

带着天人合一的博爱

你静静守候在我们的身边

你虽然不说话从来没离开

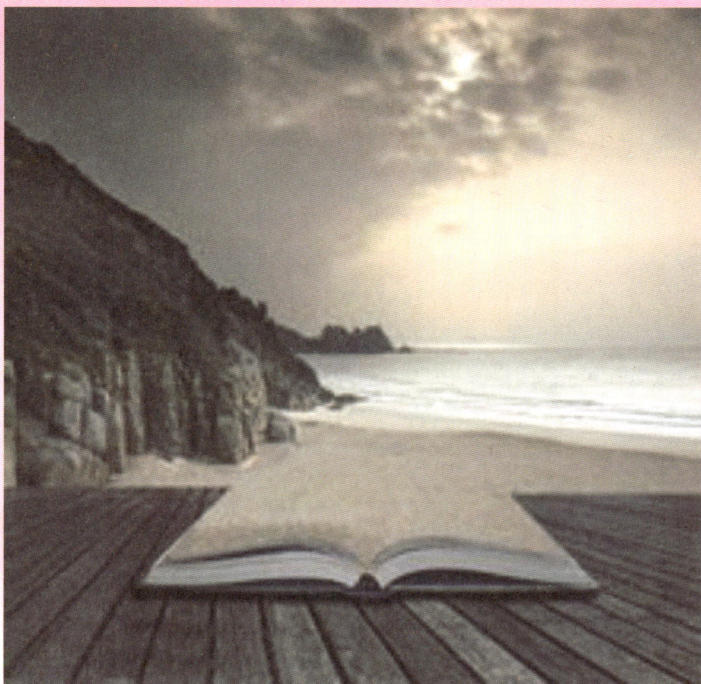

你的智慧就是无量大海

你的仁慈就是起伏的山脉

你的清净就是伫立松柏

你的自在就是日月的安泰

孔子孔子啊孔子还在

你是我们漫长岁月的情怀

你是我们传承哲理的厚载

你是我们祥和文明的光彩

孔子孔子啊孔子还在

你是千载的圣贤运筹天下

你是万世的师表帷幄世界

你是人类的智者最高爱戴

孔子啊，你是一颗天目星

浩瀚星空风清云静

蹉跎时光如影随行

你从黎明的殿堂升起

你在黄昏的夜晚踏青

春秋书写战国轰鸣

岁月包容圆缺心声

你与轮滚长袖中兼程

你在辗转守候着黎明

厚德载物圣贤身影

诗词歌赋栋梁书生

你为夜路挑起了烛光灯

你在梦境里播撒盛世种

孔子啊你是一颗天目星

群辰围绕你智慧的眼睛

五常立志天下和谐为公

论语成就世界和睦大同

千古圣人

在中国曲阜的一个村庄

有一位圣人从天而降

从此啊，这里的大地鸟语花香

从此啊，这里的子民淳朴安详

无论是多灾多难的饥荒

无论是诸侯列国的霸强

一部论语仿佛一根擎天支柱

伫立在礼仪之邦又将乾坤震荡

大千世界里三千弟子栋梁

芸芸众生七十二贤者领航

三德深刻道出了规律有序的架框

五常包涵典藏了人类必备的食粮

上下五千年流淌着历史风光

你还是静静地守候着圣哲的边疆

左右八万里豪迈着中华富强

你还是默默地敞开着师表的胸膛

你是千古圣人肩负使命从天而降

你是万代哲人承载天人合一思想

人类回味着你才悟出了和谐相通的光芒

世界回眸着你才找到了和睦相处的方向

尘埃落定在大觉的佛前

——祝贺诗弟新婚大喜（诗歌随喜）

你是大觉佛前一株吉祥树

引来天堂之鸟共鸣婵娟时

你是神话中那匹行空的天马

降落拴系在尘世的连理缠枝

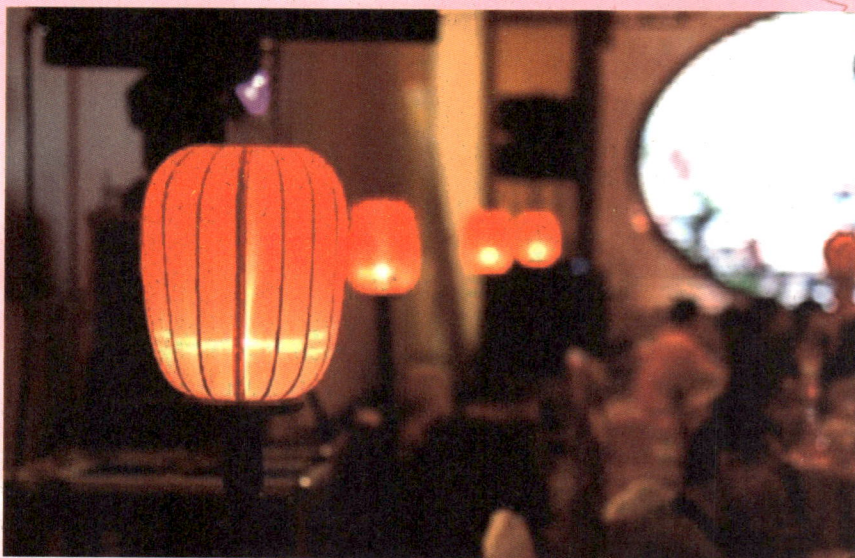

你迎进来诗情画意缔结良缘

你奔腾而去再续诗歌的创意

深情之恋在今天幔帐收起

圣洁之缘在今天完成编织

今天是个大喜临门的日子

古往今来的婚俗庆典的宴席

很少有你尘埃落定在老家院落里

你是一部可歌可诵的传奇诗集

在你这座婚姻伫立的殿堂里

珍藏起往日里最平凡的点滴

贯穿爱情之水的心灵大海啊

注满了你浩瀚汪洋的诗歌情义

今天是个大喜临门的日子

爱情的列车从今天开始启程出发

同舟共济是你们彼此相约的鼓励

相爱一生是你们彼此恪守的信誉

从今天开始，男孩子的你应该温润如玉

从今天开始，女孩子的你应该如胶似漆

所有的幸运，从今天开始向你们涌来

所有的苦难，从今天开始与你们远离

事业是你们必须崇尚的最高志气

友情是你们保持和谐美丽的花瓣雨

拥有的多时别忘了放下的深刻禅意

拥有的少时别忘了潇洒的浪漫雨季

你们一个要甘愿做一枚螺丝钉

你们一个要甘愿做一枚拂尘记

哪里有松动，就紧紧哪里

哪里有灰尘，就扫扫哪里

在这个秋天收获的季节里

你的诗仿佛是一根根的五彩线

无论身在何处，无论家在哪里

心都永远地将温馨的诗歌部落拴系

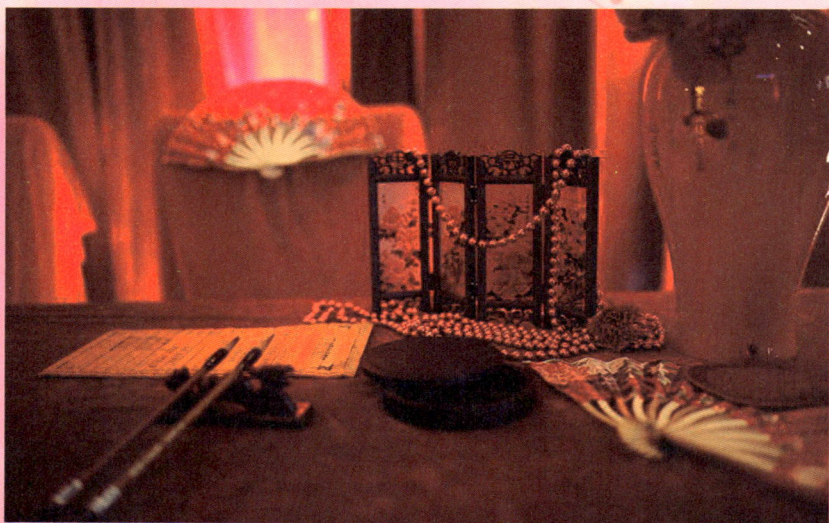

大事不大的解决

小事不小的对待

珠联璧合的平凡往事

才是你们心心相印的流传日记

善良憨厚的父母

养育了你与众不同的儿子

朴实的火炬于今天握在你的手里

光宗耀祖的同时也将返璞归真的精神传递

无论你走进了温馨的港湾

无论你走向了苦难的救济

无论你们生活在咫尺的城区安逸

无论你们携手到天涯的海角结集

远方养育你的村庄和众多的乡亲啊

在祝福你们大喜临门的同时

也将一份惦记牵挂的心啊

深深地久久地在期望中纠结着舍离

今天是个大喜临门的日子

欢声笑语之后又回归于田园的静谧

你们也将踏上旅程即将远行千里

你一定想着要将感恩的心时不时地邮寄

感恩的回报不求你富贵荣耀着慰藉

这些都可以列为你们不同的孝敬方式

永远相爱会使你们的父母万寿无疆

真诚相伴会使你们的乡亲万事如意

你们是一对天地怀抱里生长的儿女啊

燃冉的心香漫天散发着吉祥的缠枝

九天深处的大觉佛陀都在微笑看着你

为你们举办这场播洒甘露的殊胜婚礼！

今天对于步入婚姻殿堂的你们来说

记载着人生中最值得自豪和骄傲的史诗

在沉淀着你们激情燃烧的青春岁月里

一定要永远地珍藏着这份幸福时光的片底

今天是个大喜临门的日子

所有的果实都为你献上圆满的禅意

你虽然远在家乡用最朴实的方式欢聚

诗歌精英部落里也在为你赞叹着欢喜

因为你们这对举世无双的新人啊

是因为诗歌的缘起让我们成为相知

也许从此我们还是相隔千里万里

然而彼此的祝福却是生生世世！！！

在今天这个大喜临门的日子里

你们携手开始启程向幸福出发吧

让我为你们送上最美好的祝福诗刊

祝愿你们的人生之旅诗歌飘扬辉煌绚丽！

你在朋友圈里
送我一束玫瑰百合的花影

如果那束花是真给我的

我的心顷刻之间绽放

美丽也许仅仅是短暂的停留

却让我记住一份永远的感动

尽管只是微信传递的花朵

我还是闻到了芬芳的味道

虽然玫瑰中间的百合还没有绽放花蕊

一团温馨已经在传递中弥漫无声

你也许关注我很久很久

除了点赞我的诗歌却没有重复的理由

当我对你的存在产生质疑的那刻念起

你突然发来一张手捧玫瑰百合的花影

你还是什么也没有说

只是在花束旁边放了一张你卡片的名字

我看了看想也没有想地清空聊天记录

我知道此时此刻你正在对面静静地观景

真的非常感谢你在微信里默默关注着我

那个曾经依赖的肩膀虽然被熏香烫伤了身影

那些曾经忧伤的岁月已经被诗歌链接了创痛

我的心已经在沉静的安然中不再蠢蠢欲动

真的非常感恩你在微信里深深祝福着我

无论我诗歌的天空是云卷云舒还是电闪雷鸣

你在朋友圈里送我这束玫瑰百合的花影

将化作一座心灵的道场把我的诗歌天涯海角地传诵

感恩的日子里，
你快递给我一条洁白的围巾
——清晨突然意外地收到你的礼物

今天的清晨我在恍惚中落寞

刚打开手机就涌出一堆的感谢

原来今天是感恩节的快乐

于是，匆匆忙忙关闭了扰心的生活

我长这么大都是被众多亲情友爱们宠着

一直都是被赞赏着追逐梦想的诗歌侠客

直到几年前归来的那场冰天雪地的旅途奔波

你突然的出走扔下了只会写诗又无助的我

短暂的时光让我在漫长的等待中度过

那些走过的日子几乎都是流着泪滴着血

伤口割了一茬又一茬始终无法复原初夜

疮疤脱落了一层又结痂着一层痴情困惑

突如其来的灾难破灭了我梦幻的泡沫

爱情的奇葩终于叶落花谢在虚荣的时刻

从此我的心门紧闭沉睡世态于默然安乐

捂着眼睛再也不看外面世界精彩的蝴蝶

直到今天收到了你这条洁白温暖的围巾

随行的信笺将我伤疼沉寂的心又一次弹拨

你说我生命里只有两个色彩宛若天庭九霄云朵

激情燃烧的心灵和纯洁的诗歌辉映着情真意切

你说听说了我近期在披麻戴孝着丧事守约

不然会送我一件最爱的红袍或者长裙百褶

你说满天飞舞的雪花就像是我飘洒的诗歌

于是跑遍了北京城买了这条纯洁的围巾给我

你说我收到礼物后坦然以待不必斟酌

你说是我点燃了你曾经激情岁月已经熄灭的火

你说感恩我的出现使你曾经澎湃的心田再次复活

你说我所有的言行就是你曾经的誓言曾经的承诺

捧着这条雪白的围巾我的泪水闪亮划落

万万没有想到我的诗歌竟然使你如此心悦

未曾谋面的你又如何对我的一切了然掌握

真的让我在这个感恩的日子里何以笙箫默

之前的日子里我还在重蹈覆辙着相遇幻觉

相思的心疼一直折磨我恍若前世的错过

走不出思念的情绪更走不出沉重的情结

只好将自己又一次关闭起来修剪着枝叶

收到你快递而来的围巾的同时打开了心锁

我的梦幻之旅再次被温馨提示的一锤敲落

原来所有的遇见都是冥冥之中的天意巧合

他只是来给我即将熄灭的爱情之火添根柴禾

我释怀的瞬间将围巾展开围拢系列

迷茫的心情豁然明朗悠然旋转风车

因为你还对我说洁白的围巾仿佛洁白的哈达

只有初心的我才值得拥有他无量宝华的美德

在这个感恩的日子里突然收到你的礼物

一条洁白的围巾刹那之间飘逸了我的迷惑

解开一段纠结在心头之上的尘埃落寞

拴系一份驻守在视野之外的如意花朵

第四季　我就是那位梳着长长发辫的女子

我就是那位梳着长长发辫的女子

小时候记事那年开始

妈妈就把花朵插在我纤细的发里

蝴蝶结的头绳越系越想飞翔

系着系着就系起了一条青春的向往

117

我从小就是一个笨拙的女孩

总将麻花的辫子编反了方向

如同一晃而过的那些少女时光

被打开又辫起的一段野蛮的痴狂

辫子长长了以后就离开家乡

背着行囊到处写诗流浪

漂泊的脚步东倒西歪地一字一行

宛若脑后的发辫洒下了一地月光

黑发越蓄越长伴着岁月的时光飘扬

村庄里的家园再也留不住我的思想

悠悠的一根发辫就旋起了一阵花香

轻轻的一个转身就甩起了一层波浪

天空的边缘白云开始飘荡

梦里的故事依然鲜艳明亮

一袭黑发飘飘洒洒地尽情梳妆

宛若天堂的仙子垂落着发髻忧伤

一洗，时光在流淌

一梳，脚步在匆忙

一辫，三千柔丝编结了故事现场

追着你要扯下盖头罩在我的头上

几缕相思清幽着远方的故乡

转圈的行走还没有将风景看望

大雨滂沱将我的发辫打湿了情商

重新编结沉甸甸的希望是何等的徜徉

那枚纽扣丢失了哪件心爱的衣裳

那些曾经的诺言开始独守着凄凉

黄昏的夜里是否还有理由将我解开松绑

拴系在那一颗颗亮晶晶的星星无眠的枕旁

我就是那位梳着长长发辫的女子

越梳越浓的曲直再也不想剪辑短长

就这么梳着长长的喜悦长长的忧伤

走过了千山万水的绮丽风光和困苦迷茫

我就是那位梳着长长发辫的女子

越编越长的爱情再也不想展开奢望

就这么端坐深深的情怀深深的观想

等候在柳暗花明的篱笆围拢的村庄

我就是那位梳着长长发辫的女子

对折的两条长辫飞舞着我传奇的凤凰

一条是爱情的缆绳缠绕在港湾里流淌

一条是诗歌的翅膀飞翔在彼岸的路上

那轮光芒的太阳就在我的身旁

始终叮嘱我一个千古不变的理想

存储长发的女孩一定是幸福的女王

她已经飞身上马扬鞭而起地驶向远方！

我曾经是你掌心里丢失的童话

我在你面前降落了这么久

你总是对我用心良苦的任劳任怨付出所有

却从来没有用情缘来诠释这是一份爱的舍求

能够触摸的心灵是这漫天的雨雪在伤心泪流？！

我在你的面前飘飘洒洒降临

你没有看清我的纯洁就是我的初心依旧？

你还有什么理由不赶快将我收拢珍藏

哪怕最后剩下的仅仅是一杯融化的忧愁

伸出来的是一双才情的手

在前世的今生有你陪伴着尘埃落定了守候

挽住了多少流连忘返的眼睛和脚步

却没有挽住你飘移的情怀即将远走？

是谁在轻轻呼唤着你的名字

你在初冬的雨雪里张望回眸

飘扬的长发是你似曾相识的一个梦境

那个宛若仙子的女孩就是我前世的一枝独秀

你在前世又是我的什么缘呢？

读着我的诗歌你的心竟然疼痛难受

我飘然而至与你的泪水结冰滑翔起舞

我的出现彷佛是你心头上那块剜掉的肉

我今生的降临就是为了将诗歌播撒

你今生的守候又在为谁恋恋不舍地挽留

如果你等待的那个飞雪迎春的女孩就是我

那么我愿意用生命的诗情画意为你书写春秋

千山万水走不出心中那条诗意缠绕的路口

千载难逢与你相遇在今生诗情茂盛的草臼

我的到来就是你掌心里曾经丢失的童话

捧在你面前的今生就是我前世枯竭的理由

无论我是多么的娇柔倔强还是漠然傲游

无论你是怎样的忍无可忍还是调转船头

我的到来就是你前世的诗意情怀遭遇寒流

千万里寻你在今生的心炉旁落下大愿的幕后

我对你百般的倾心依赖

你对我千般的娇惯宠爱

我曾经是你掌心里丢失的童话

又一次被你捧起爱心永驻的温柔

时光的网漏掉的永远是青春密码的归咎

岁月的风掠过的永远是密意不宣的梵咒

我曾经是你掌心里丢失的童话

被你再次捧起了一段传奇的漂流！

我是随着唐诗宋词
飘然而至的才情女子

在一个深秋禅境的黄昏之后

我清婉的面容端坐在你的家门口

你推门而出的刹那间

与我撞了个满怀血流

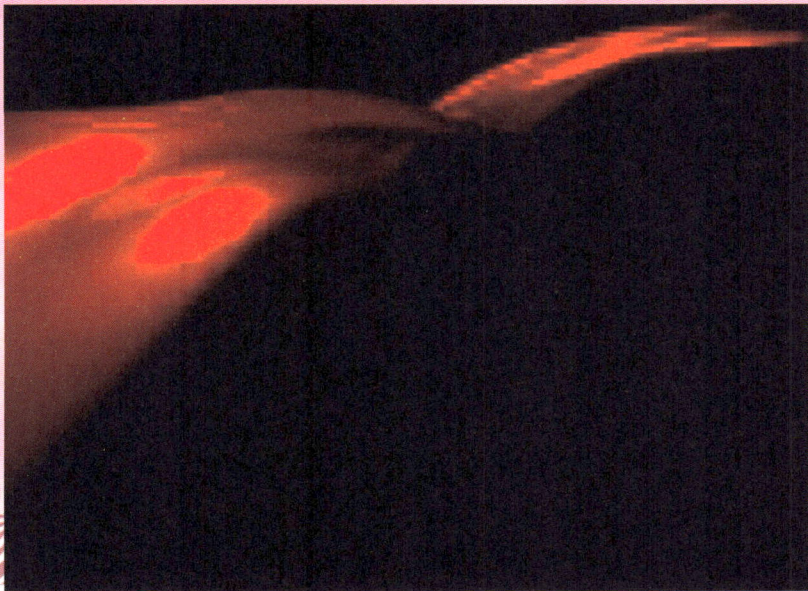

就在滑落的瞬间我被九天深处的手挽留

轻轻地将我揽入白云的花朵里收走

就在我回眸留恋尘世的刹那间

我看见你仰望我时那张流泪的脸已经消瘦

你就这样闯入我的心中被我魂魄收走

而我却被你撞破了头颅失忆了多梦的春秋

留下我醉卧的酒伴你风雨后醉倒在月下西楼

远古的往事纷纷在花开花谢中凋落了风霜枝头

那株枝繁叶茂的桃李流芳百世地施展歌喉

那叶关关之舟的舢板又驶向了彼岸谁的守候

我曾经是你才情四溢的女子独守高台的窗口？

还是那位频繁传递着书信的聪明伶俐的丫头？

你在唐朝的街角只是偷偷地窥视了我一眼

我就为你在那一世用一生的爱等待你来掀起盖头

你又在宋代的汝窑旁默默地注视着我天晴的面孔

我却为你在那一生用尽全部的情守候曲径的通幽

自从与你在繁荣的唐朝街头相遇分手

你又匆忙奔波在风餐露宿的赶考旅程

我凭栏眺望着你撒下初上心头的月钩

又眼含泪水看着你接住高空抛下的绣球

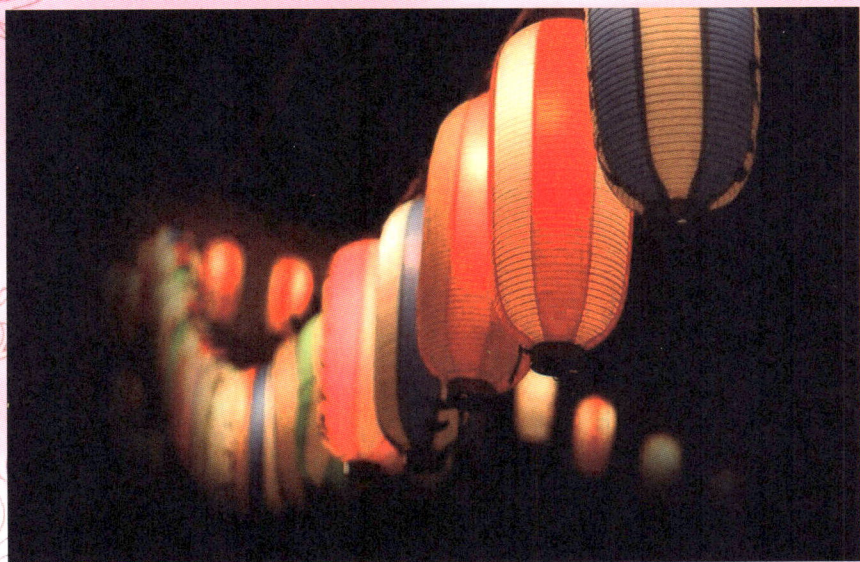

我辗转反复等你在宋代划来的客船渡口

你只是深情地望了我一眼又撑起伞滴水不漏

望着你远去的背影消失在苍茫的芦苇荡舟

我的心随即埋进了深不可则的湖底海沟

就这样一步一步走过了元明清后

走到迄今走不出思念你岁月的黄昏漫游

这一世我只好徘徊在孟婆舀起汤水的桥头

静静地等你沿着唐诗宋词的韵脚来领我走

我曾经是你的新娘吗？

没有了你顷刻之间我面前的天地隆然坍塌

谁又是曾经你的追求？

让我在红尘的迁徙中诗意的情怀一落千秋

我曾经是唐宋时期琴棋书画精通的才情女子

为了与你再次相遇独居在太空幻化的深处无忧

满腔的相思为你撒下一张收拢漂泊行囊的情网

满怀的思念为你弹唱一首曲高和寡的山高水流

我曾经是应该成为你新娘的一抹娇柔

姻缘的错失使你我在水一方分别依旧

我就这样顷刻之间又被九天深处慈悲的观音撒手

随满天繁星出世飘落在最后诗歌萧瑟的街角巷头

我曾经沿着唐宋的蚕丝绢绣寻你到黄河漂流

踏遍千山万水的冰峰雪后迎来春暖花开的彩绸

我来到了佛前燃香你却已经绕过了转经的塔后

擦肩而过的站台创意不出与你不期而遇的影楼

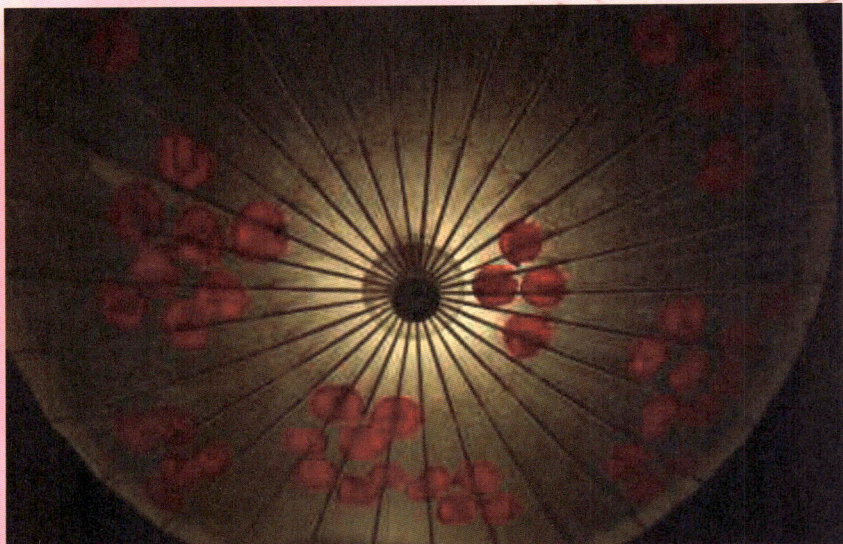

就这样在生生世世的轮回中如梦如幻想你黄昏后

就这样在今生今世的劫难里初心不改等你到白头

我在你头顶之上的时候是往事在云卷云舒中游走

我呈现在你面前的又是一壶留在你案头消愁的酒

那一世你将我推上白云深处的渡口

这一生你究竟在何方又在将我等候

黑发飘飘的爱情被谁践踏在贞洁的床头

我独守三生石旁将诗歌写成传世的风流！

一对老椅子

你们从糟糠中走来

携手同行走过风雨

时光虽然已经老去

你们依然守候在一起

那些岁月虽然陈旧

却像年轮循环着四季

磕磕碰碰的伤痕日子

紧紧卯榫着纷扰不离不弃

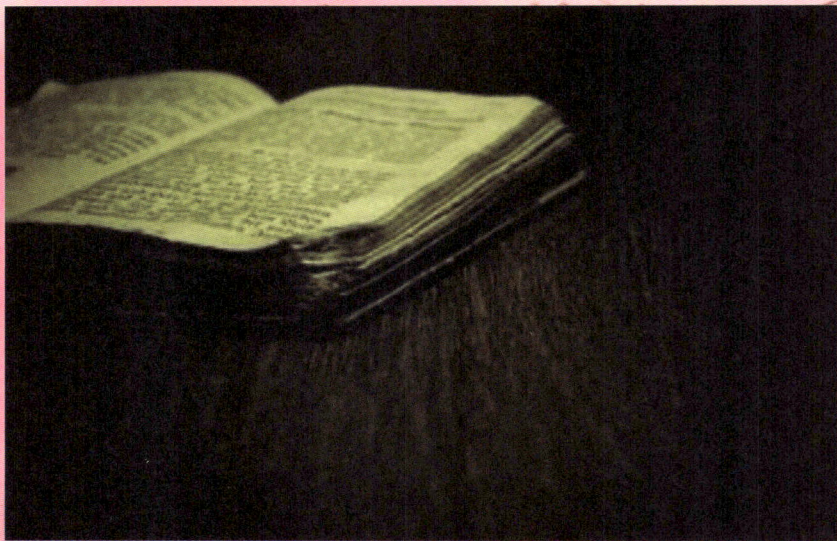

就这样在时光里流淌

就这样在岁月中彷徨

日出的时候温暖相伴

日落的时候空守归期

一对老椅子

宛若我的爹娘

离去的是身影

留下的是泪滴

青花大卷缸

翩翩舞动的蝴蝶

飞着飞着丢了新房

竟然忘记了转换的季节

启程的目的因此幻想

优美的线条勾勒着

你沉寂的墨香

仿佛我漂泊的岁月

忧伤的歌唱

舍弃你的时候

我将泪水流进心里

得与失在心头默默掂量

离与别在心中久久彷徨

不忍让你离开我的怀抱

又不能将你永久收藏

难以割舍的是我的珍爱

和那段典藏岁月的时光

普门重生的你

三叶草旁边遗失了你

却又在这个夏季拾起

依着草夯土墙的木门

等待普门开放的祭日

你平静的神态宛如一枝茉莉

你依着门框安静地坐在那里

你看着心爱的人们往返朝夕

却再也不能握住往日的甜蜜

都说要想投胎必须迈过门去

你为什么迟迟不肯离开草地

你就那么心如止水地坐在那里

仿佛从来没有生来死去的经历

一位巫师告诉你的丈夫和孩子

如果能够找到三叶草和合的秘密

新生的你就会从普门的那边复制

于是你就看着他们寻找等在这里

你看着他们痛哭流涕

你看着他们欢声笑语

直到有一天你看见他招手另一位女子

你这才恍悟三叶草的无法复原的天意

你终于站了起来

拍拍长裙上洒落的树叶花瓣草籽

拢拢飘逸的长发揉揉困倦的眼皮

向着普门的那边缓缓走去走去……

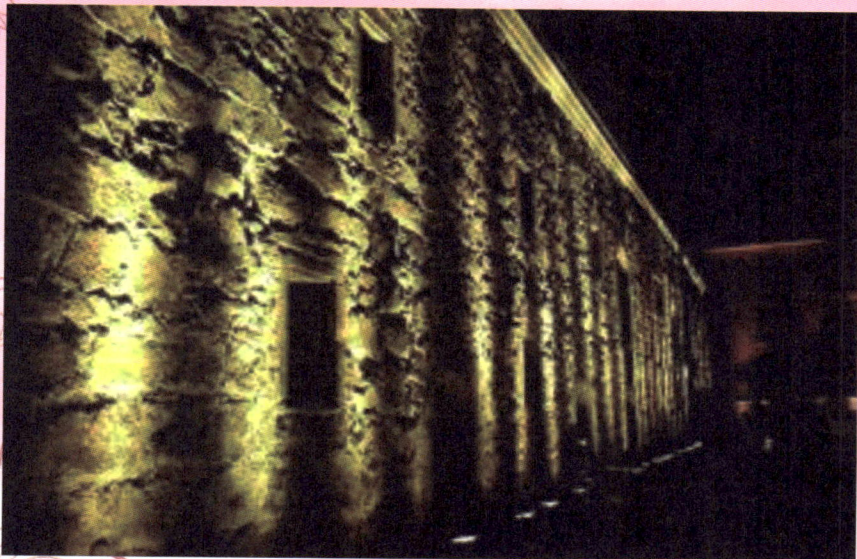

梦境里的香囊

在一条古老街道的地摊旁边

我一眼便发现了你遮掩的美丽

我把你抓在手里的瞬间里

仿佛握住你哭泣颤抖的手指

迫不及待地收敛你的容颜

我竟然有种恍然隔世的感觉相遇

捧着你久久地端详着镂空的精致

泣极生喜的赞叹巧夺天工的创意

阳光下看来看去看不出你的来历

总感觉你有什么故事要对我倾诉

于是，在黑暗来临的傍晚前夕

我将你放在枕底枕着你向遥远的梦里游去

茫茫的大海浪花开遍辽阔的海面

那条出海的缆绳已经被解开挽起

船上有人在向岸边的你招手示意

岸上的人们又将目光聚焦在眼底

那对情侣默默无言地深情注视

片刻之间都涌出了离别的泪滴

那位青铜的男子从怀里掏出一件东西

小心翼翼打开又小心翼翼地向她捧起

他面前的女子眼前一亮

原来这是一件银制的香囊

他捧起女子的脸轻轻地亲吻

又轻轻地在她长长的罗裙上拴系

大海深处那片帆远离成一只海鸥

向无际的天边飞去一帆风顺的慰藉

大海的岸边送行的女子手握着香囊

望成一尊静止的雕塑在岸边伫立

岁月的风轮旋转时光荏苒的话题

风平浪静的海面再也没有桅杆帆旗

岸边守候的女子依稀仿佛长发挽起

已经白发苍苍成一纸心碎的影集

多少年恍然若梦已经星转斗移

她依然站在那里守候着彼岸的归期

脸上依然荡漾着面对大海春暖花开的笑意

仿佛一位穿越时空的妙然仙子

此时此刻我进入梦境的画面没有诧异

翩翩起舞着飘逸在她的头顶云里

我俯瞰着她脸上依然期望的坚持

真想伸出手轻轻地拂去她那行凝固的泪滴

刹那之间的犹豫颤栗

我从大梦初醒中睁开眼睛

伸手一抹满脸的泪水

已经打湿了一枕的迷离

从此，我就把这枚香囊的盖头掀起

将一簇浓郁的沉香装进空荡荡的囊心里

然后轻轻包裹起这段爱情的伤痕别离

梦行千古的触摸就这么封存在我典藏的诗里

玉 镯

将一颗牵肠挂肚的心

凿来凿去凿成圈口的思念

空缺的心房东张西望

终于被圆圆润润地戴在你的腕上

从此，这份陪伴与你在一起

随时光的沉淀相依为命

游走的心在哪里漂浮跌宕

岁月的苦在何处诉说着衷肠

你宛若隔世的仙子

在世外桃源里独自深藏

禅意四起时云游四方

隐喻讲述八面来风的业障

你仿佛世间的繁荣景象

遍布一地宝华般的心肠

聚集在农家温暖的土炕

将灯红酒绿的恩怨遗弃一旁

你被谁戴起

你就是谁的新郎

笼罩而来的目光

将一场姻缘锁定在一个密码里捆绑

你被谁珍藏

你就是谁的价值

滋润的程度与产地的疏密

都不再是探讨的重要话题

我拥有几只不同款式的玉镯

要么温润可心要么幽深奇异

戴来戴去带不来你的讯期

换来换去换不掉我的心事

我只好把你收拢而起

放在我收藏的首饰盒里

连同那颗思念你而游离的心

包裹成一团相思的慰藉

开在手指上的花朵

那些戒指是一片片花瓣

常常被我戴在才情的手上

枚枚都是我的最爱

朵朵都是我的花开

多年以前因为日子贫寒

出嫁的时候手指戴的是最初的珍爱

那是爸爸临终前出差回来的夜晚

送给我的一枚青龙飞舞的铜戒

清楚地记得当时的珍贵影像

爸爸激动地对我说：

你是我才华横溢的女儿！

戴着他！找一个龙行天下的男孩！

后来在辗转淘宝的寻觅过程

我终于淘到了一枚凤凰的银戒

从此开始心里始终想着一幅画面

龙飞凤舞的神话和吉祥如意的实在

命运之神偏偏与我彼岸悬猜

就是在动荡不安的旅途之上

那枚青龙的戒指不慎丢失野外

至今不知是天意难违还是因缘断开

再后来生命中的那个你离家出走又回来

送给我一枚米粒大小的白金钻戒

我端详半天也没有感觉这是属于我的珍爱

果然在又一次的压抑里被我扬手扔到窗外

从此我不再奢求龙凤呈祥的戒面

我渴望拥有一场挚爱的婚礼对拜

用真情和心血打造的指环绽放着花朵

用前世今生积蓄下来的纯洁永远爱戴

多年以后的这一天

我在五台山朝山拜佛的面前

庄严地许下一个心愿：如果上苍开怀

就天赐奇异的姻缘给我今生唯一最爱！

就在我许下心愿下山的路边小店

一枚黄金水晶的戒指出现在我的面前

我欣喜若狂地毫不犹豫收藏了它

那艘金色的小船原来在这里等待着我漂洋过海！

同行的你怎么也不会想到我喜欢的这份情怀

其实原本的亮点就是这艘弧形的船影戒面

它仿佛是在告诉我预知的未来

我的那一半还在天涯的彼岸徘徊！

尽管这是一枚水晶的戒指

但是晶体的切面明亮光彩

黄金的宝光宛若阳光下的大海

如同我的心声波涛翻卷着表白

我望着手指上这枚船形的戒指心潮澎湃

我从来没有想过我还有心爱的戒指收买

我不知道今生还会有谁寻我如致命的等待

将那枚姻缘指日可待的注入我笔尖的墨海

从恍然如梦的前世到恍然大悟的今生醒来

我还没有爱过一个人死来活去的感应心态

尽管爱过的那份初心已经在伤痕累累中默然沉积

却依然渴望那枚心仪的戒指何时戴进我生命的品牌

就在我写诗的此时此刻已经纸墨溢彩

每一个字仿佛就是深埋着的每一朵花开

每一朵花就是一枚戒指飘香的芳华绝代

那一缕缕清香在我的面前飘荡着落定了尘埃

图书在版编目（CIP）数据

黑丫诗歌作品集：全5册 /黑丫著. – 北京：

中国文联出版社，2015.12

ISBN 978-7-5190-1035-5

Ⅰ. ①黑… Ⅱ. ①黑… Ⅲ. ①诗歌－中国－当代

Ⅳ. ①I227

中国版本图书馆 CIP 数据核字(2015)第 320572 号

黑丫诗歌作品集：有一朵花在心中永远开放

作　　　者：黑　丫			
出 版 人：朱　庆			
终 审 人：奚耀华		复 审 人：王　军	
责任编辑：顾　苹		责任校对：张铁峰	
封面设计：陈董佳		责任印制：陈　晨	

出版发行：中国文联出版社

地　　　址：北京市朝阳区农展馆南里 10 号，100125

电　　　话：010-65389144（咨询）65067803（发行）65389150（邮购）

传　　　真：010-65933115（总编室），010-65033859（发行部）

网　　　址：http://www.clapnet.cn

E－mail：clap@clapnet.cn　　　　gup@clapnet.cn

印　　　刷：北京瑞象今日印刷服务有限公司

装　　　订：北京瑞象今日印刷服务有限公司

法律顾问：北京市天驰洪范律师事务所徐波律师

本书如有破损、缺页、装订错误，请与本社联系调换

开　本：710×1000　　　　　　　　　1/16

字　数：2500千字　　　　　　　　　印　张：50

版　次：2015 年 12 月第 1 版　　　　印　次：2015 年 12 月第 1 次印刷

书　号：ISBN 978-7-5190-1035-5

总 定 价：235.00 元（全 5 册）